Der Hexenmeister

Heinrich Seidel

copyright © 2023 Culturea éditions
Herausgeber: Culturea (34, Hérault)
Druck: BOD - In de Tarpen 42, Norderstedt
(Deutschland)
Website: http://culturea.fr
Kontakt: infos@culturea.fr
ISBN:9791041933587
Veröffentlichungsdatum: April 2023
Layout und Design: https://reedsy.com/
Dieses Buch wurde mit der Schriftart Bauer
Bodoni gesetzt.
Alle Rechte für alle Länder vorbehalten.
ER WIRT MIR GEBEN

Herr Zuckermahn

Winkelburg war eine sonderbare, alte, verschnörkelte Stadt. Die Hauptstraßen waren schon eng und krumm, allein die Nebengassen noch viel enger und krummer, und dabei liefen sie so sonderbar durcheinander oder waren plötzlich an einem Kanal mit trübfließendem Wasser zu Ende oder gingen in finstere Höfe als Sackgassen aus, daß Winkelburg für Fremde eine rechte Vexierstadt war und es lange dauerte, ehe sich jemand zurechtfand in allen diesen Kniffen und Sonderbarkeiten. Wunderliche, alte, düster Tore gab es dort, in denen es schmetternd hallte, wenn ein Wagen hindurchfuhr, und eine solche Versammlung von merkwürdigen, alten Giebelhäusern bestand wohl nicht zum zweitenmal in der Welt. Einige waren vorübergebeugt, als hätten sie auf der Straße etwas verloren und suchten es nun; einige hatten sich vornehm zurückgelehnt, als ginge sie die Welt nichts an, und andere wieder waren ein wenig seitwärts gegen ihr Nachbarhaus gesunken und schienen froh zu sein, daß sie auf diese Art am Umfallen verhindert wurden. In einigen Gassen waren nun gar die Stockwerke übereinander hinausgebaut, so daß sich die Häuser nach oben immer näher kamen und zuletzt der Himmel nur duch einen kleinen Spalt hineinblickte. Wenn sich da oben zwei gute Freunde gegenüber wohnten, da konnten sie sich die Hände reichen beim Gutenmorgensagen und der eine seine Pfeife an dem Fidibus des anderen anstecken. Welch eine Fülle von wunderlichen Erkern, sonderbaren kleinen Fenstern und abenteuerlichem Schnitzwerk, welche eine Unzahl von seltsamen Türmchen und Giebelchen und knarrenden Wetterfahnen, welch eine Menge von verschnörkelten Herbergsschildern und Zunftszeichen gab es in dieser Stadt! Wahrlich, wenn man in einer Mondscheinnacht durch diese schweigenden Straßen ging und alle die wunderlichen Giebel und Zacken schwarz gegen den hellen Himmel standen und hier ein helles Licht auf den grinsenden Fratzen der Balkenköpfe lag, dort so ein altes Haus wie ein grauliches Gesicht mit geöffnetem Rachen aus der Finsternis stierte, dann konnte man denken, dies alles sei nur hingezaubert und würde mit dem ersten Strahl der Sonne wegschwinden wie ein Traum.

In dieser Stadt lebte nun ganz allein in einem der allerwunderlichsten Häuser an der Stadtmauer ein alter Mann namens Zuckermahn. Über diesen Mann waren die sonderbarsten Gerüchte verbreitet. Man hielt ihn allgemein für einen Hexenmeister, und die Sage ging, daß er besser hexen könne als irgendeiner im ganzen Lande. Vor Zeiten, erzählte man sich, sei ein fremder Mann in einer vergoldeten Kutsche in die Stadt gekommen; es soll ein Graf gewesen sein. Im »Goldenen Löwen« hat er die besten Zimmer bewohnt. Der ist eigens wegen des Herrn Zuckermahn hergekommen, um von ihm das Hexen zu lernen. Für einen großen Beutel voll Gold – manche sagen, es sei ein Scheffelsack voll spanischer Dublonen gewesen, andere aber meinen, nur eine Geldkatze voll, wie sie die Viehhändler um den Leib tragen – für eine Menge Geld also hat sich der Mann auch bereitfinden lassen, den Fremden seine Künste zu lehren. Da haben sie denn tagelang in dem alten Hause zusammengesteckt, und wer dort vorbeigekommen ist, hat allerlei wunderliches Rumoren und Mauzen und näselndes Gesinge hervortönen hören. Zuweilen ist ein veilchenfarbiges Räuchlein aus dem Schornstein gestiegen, und dann hat es in der ganzen Gegend nach Narzissen und Hyazinthen gedurftet, ob es gleich mitten im Winter gewesen ist. Eines Abends hat das ganze Haus von innen heraus in einem roten Schein gestanden, so daß man gedacht hat, es brenne. Die Leute, die herzugelaufen sind, haben aber duch die Fenster mitten in der dunkelroten Glut Herrn Zuckermahn und den Fremden als zwei feurige Gestalten sitzen und brennenden Punsch trinken sehen, worüber sie sich über die Maßen entsetzt haben.

Zuletzt hat dann Herr Zuckermahn gesagt, nun wisse er nichts mehr, und der Fremde habe nun ausgelernt. Da hat dieser mit lauernder Miene gefragt, ob er ihn wirklich auch alles gelehrt habe. Dies hat Herr Zuckermahn bestätigt. Plötzlich hat der Fremde dann ein Doppelpistol hervorgezogen und beide Läufe auf den Hexenmeister abgedrückt, denn er begehrte, diesen aus der Welt zu schaffen, um allein der beste Hexenmeister im Lande zu sein. Herr Zuckermahn hat dazu nur ein wenig gelächelt, und nachdem sich der Pulverdampf verzogen hatte, hat er in jeder Hand zwischen Daumen und Zeigefinger eine der Pistolenkugeln gehalten, dem Fremden dann eine zierliche Verbeugung gemacht und gesagt: »Dies eine Stück hatte ich mir vorbehalten, Herr Graf!«

Dieser ist in großem Zorn in den Gasthof zum »Goldenen Löwen« gelaufen, hat anspannen lassen und ist davongefahren. Glaubwürdige Leute sagen, er sei aus allen vier Toren der Stadt gleichzeitig davongejagt. Aber an allen vier Toren hat zur selben Zeit auch Herr Zuckermahn gestanden und sich spöttisch vor der vorüberfahrenden Kutsche verbeugt.

Solcherlei Geschichten und noch vieles andere erzählte man sich, und allgemein hegte man solche Furcht und Scheu vor ihm, daß selbst die kecksten Gassenjungen nicht wagten, ihm nachzuspotten, obgleich ihnen dies bei dem verwunderlichen Aufzuge, in dem er sich auf den Straßen sehen ließ, schwer genug werden mochte. Einem, der ihm einmal die Zunge ausgestreckt und eine Nase gedreht hatte, war es schlecht bekommen; denn den ganzen Tag lang hat er die Zunge nicht wieder in den Mund und die Hand nicht von der Nase bringen können, bis sich endlich mit Sonnenuntergang dieser Zauber löste. Solche allgemeine Furcht hinderte aber nicht, daß abends in der Dämmerung mancherlei Leute in besonderen Anliegen an seine Tür klopften; denn Herr Zuckermahn war sehr geschickt in der Herstellung von allerlei Zauber- und Geheimmitteln und verkaufte gegen teures Geld in kleinen, seltsam geformten Gläserchen Liebestränke und andere Flüssigkeiten von narkotischem Duft, so gegen allerlei Krankheit und Plagen gut waren. Auch verstand er Räucherpulver zu bereiten, dessen Geruch den Menschen angenehm, jeglichem Ungeziefer aber ein Greuel war. Ward nun mit einem Prislein dieses Wundermittels das Haus durchräuchert, so erhob sich ein Winseln und Wehklagen aus allen Ecken, und Ratten und Mäuse, Wanzen und Schaben und sonstiges Ungeziefer rannten Hals über Kopf davon, ließen sich auch in vielen Jahren nicht wieder sehen. – Ferner war es ein wunderliches Ding, daß Herr Zuckermahn niemals Einkäufe machte, weder auf dem Markte, noch bei dem Bäcker und Schlächter, noch bei dem Weinhändler, dabei doch ein recht schleckerhaftes Leben führte und sich nichts abgehen ließ. Eine alte Frau, die ein Tränklein für ihre kranke Kuh holte, hatte einmal einen Blick in die geöffnete Küche geworfen und dort gesehen, wie sich ein Hase über dem Feuer von selbst am Spieße drehte, während in einer Pfanne leckere Schmalzküchlein brodelten. Auf dem Küchentische habe aber der Affe des Meister gesessen, mit einer reinlichen Schürze angetan, und habe zwei fette Schnepfen gerupft. Auch hatte der Kuhhirt, der einst in der Nähe der Stadtmauer, wo sie Herrn Zuckermahns Garten begrenzte, seine Herde weidete, ein seltsames Ding erzählt: Einmal sei plötzlich aus dem Walde ein Hase in vollem Jagen gelaufen gekommen und gleich einer Katze, wie es in dieser

Tiere Art und Vermögen doch gar nicht liegt, die steile Mauer hinaufgeklettert und in des Hexenmeisters Garten hinabgesprungen.

Wendelin

In derselben Stadt Winkelburg lebte in einem engen Giebelstübchen eine Witwe mit ihrem einzigen Sohne Wendelin. Obwohl sich diese arme Frau gar kümmerlich durch Waschen und Spinnen ernährte, so erübrigte sie doch so viel, den kleinen Wendelin immer sauber und anständig zu kleiden und ihn in eine gute Schule zu schicken. Als aber der Sohn fünfzehn Jahre alt war, ward die Mutter von einer schweren Krankheit ergriffen und starb. Die Begräbniskosten verzehrten das wenige, das sie hinterließ, und Wendelin stand allein und ohne Schutz in der Welt. Zwar hatte sich ein Weber, für den seine Mutter oftmals Garn geliefert hatte, erboten, ihn in die Lehre zu nehmen, allein Wendelin hatte einen Abscheu vor solchem Gewerbe, das er in dumpfen Stuben von blassen Menschen betreiben sah; er wäre lieber Gärtner geworden, der mit Blumen und Bäumen in der frischen Luft verkehrt. Aber der Hunger tut weh, und schließlich wäre er doch wohl ein Weber geworden, wenn nicht ein anderes Ereignis dazwischengetreten wäre. Eines Tages, da schon die letzten Vorräte aus der dürftigen Speisekammer seiner Mutter verzehrt waren und ihn der Hunger nicht wenig plagte, ging er in trübseligen Gedanken durch die Straßen, und da er müde ward, achtete er, versunken in die Betrachtung seiner traurigen Lage, wenig darauf, wo er sich niederließ. Er setzte sich auf einen Stein vor dem Hause des Hexenmeisters, an einen Ort, der sonst von den Bewohnern Winkelburgs ängstlich gemieden wurde, und das Gefühl seiner Armut und Verlassenheit kam also über ihn, daß er sein Haupt auf die Knie legte und bitterlich schluchzte. Es war gerade um die Mittagszeit und die Straßen leer und sonnig. Aus allen Schornsteinen stieg kerzengerade ein behaglicher Rauch in die stille Luft und gab Kunde, daß dort gesotten und gebraten wurde, aber ach, auf keinem Herde etwas für den armen, verlassenen Wendelin.

Da er nun so saß und die Tränen ihm zwischen den Fingern hindurchliefen und auf das heiße Steinpflaster tropften, klirrte plötzlich ein Fenster hinter ihm, zugleich strich ein köstlicher Durft von Gebratenem und Gebackenem an ihm vorüber, und eine dünne heisere Stimme sprach: »Hast Hunger, mein Söhnchen? Komm herein, die Vöglein bräteln in der Pfanne und warten auf dich, hörst du, wie sie zirpen?«

Wendelin sprang auf und sah Herrn Zuckermahn in der Fensteröffnung stehen und pfiffig schmunzeln. Zu beiden Seiten seines kleinen unheimlichen Vogelgesichtes hingen dünne schwarze Haare herab, und auf dem Kopf trug er ein Käppchen von rotem Sammet. Sonst war er bekleidet mit einem langen, alten Pelzrock, den er Sommer und Winter nicht von sich ließ. Dessen Farbe war einst dunkelgrün gewesen, jetzt aber so verschossen und beschmutzt, daß kein Maler sie mehr nennen konnte. An Herrn Zuckermahn vorbei aber blickte Wendelin durch die geöffnete Tür im Hintergrunde in die Küche, aus der ein lieblicher Wohlgeruch hervordrang. In den bläulichen Dunst, der jenen Raum erfüllte, malte der Sonnenschein helle Streifen, und ein behagliches Schmoren und Prätzeln drang an sein Ohr.

Trotz seines Hungers wagte Wendelin nicht, dies Anerbieten anzunehmen, denn er teilte die Scheu, die man in der ganzen Stadt vor dem Hexenmeister empfand. Da er nun aber gar nicht wußte, was er sagen sollte, so stand er zuerst ganz verblüfft da, und dann wollte er eben fortlaufen, als der Alte weiter sprach: »Hasenfuß, wovor fürchtest du dich? Dein Gesicht gefällt mir, und ich mein' es gut mit dir. Komm herein, du Narr, und höre, was ich dir sagen werde; nachher magst du immer noch tun, was du Lust hast. Oder willst du lieber hungern und dich in die dumpfe Stube an den Webstuhl sperren lassen? Kannst's besser haben, besser haben im schönen Garten bei Blumen und Bäumen.«

So redete der Alte noch mancherlei, und es war seltsam, wie sich für Wendelin sein Antlitz verschönerte, so daß ihm schien, er habe nie einen freundlicheren, angenehmeren alten Herrn gesehen, und ehe er noch recht wußte, was er tat, hatte der Knabe die Klinke in der Hand und trat in die Haustür. Eine ganze Tonleiter von Glocken erklang, als er diese öffnete, und damit noch nicht genug, denn rings im Hause bimmelte und läutete es überall und rief »Kuckuck« und »Kikeriki«, daß es ein förmliches Getöse gab. Ein kleines sonderbares weißes Hündlein von jener sparsamen Sorte, die für gewöhnlich nur drei Beine in Gebrauch nehmen, lief auf ihn zu und kläffte mit einem feinen heiseren Stimmlein ganz ungemein. Das klang aber so häßlich und bösartig, daß man wohl merkte, hätte es die Macht gehabt und wäre es nicht gar so erbärmlich gewesen, da wäre es ihm an den Hals gesprungen und hätte ihn zu Boden gerissen. Auf einmal stand Herr

Zuckermahn neben dem Knaben. Dieser hatte nichts von ihm gehört, weil der Alte auf Filzschuhen ging.

»Nun komm, nun komm!« sagte er, nahm den Knaben an der Hand und führte ihn in ein großes Zimmer, das nach dem Garten zu lag. Dies mochte wohl das Studierzimmer des Hexenmeisters sein, denn an den Wänden standen viele Reihen von in Schweinsleder gebundenen Folianten mit bunten seltsamen Figuren auf dem Rücken verziert. Oben auf diesen Bücherständen befanden sich greuliche ausgestopfte Tiere und Gerippe und mit Blasen zugebundene Glashäfen, in denen Schlangen und große Eidechsen und anderes häßliches Getier in Spiritus eingemacht waren. Ein ungeheurer grünglasierter Ofen stand an der Wand, auf dessen Kacheln allerlei abscheuliche Fratzen und Hexengesichter hervorstierten, und dergleichen Dinge mehr. In der Mitte des Zimmers war ein bereits gedeckter Tisch mit drei Stühlen herum, deren einer gar seltsam hoch und wie ein Kinderstuhl gebaut war und einem kleinen Türmchen glich. Plötzlich tat sich die Tür auf, und der Affe lief auf drei Händen herein, während er in der vierten einen Teller trug. Er sprang auf den Tisch, setzte den Teller nieder, grinste ein wenig und fletschte die Zähne gegen Wendelin und lief wieder hinaus. So rannte er ab und zu, alles einzeln mit großer Schnelligkeit herbeibringend, und deckte den Tisch. Sodann, indem er vorsichtig auf den Hinterhänden watschelte und die Stirn bedächtig kraus zog, brachte er die Suppe. Auf das dritte Stühlchen ward der kleine Hund gehoben, er saß mit am Tisch und schleckte zierlich die Suppe von seinem Tellerchen, indes er von Zeit zu Zeit Wendelin boshaft ankläffte.

Dergleichen herrliche Suppe hatte dieser aber noch niemals gegessen, sie floß wohltätig in seinen hungrigen Magen, und alsbald begann sein Blut so behaglich durch seine Glieder zu strömen, daß er meinte, sich nie im Leben so wohl gefühlt zu haben. Später gab es kleine gebratene Vöglein mit Apfelmus und dazu goldklaren Wein, der also duftete wie eitel Frühlingshauch und so kühl war, daß sich die Gläser mit feinen Perlentröpfchen beschlugen. Zuletzt kamen noch kleine Schmalzküchlein mit Himbeermus gefüllt, und gezuckerte Früchte. Wendelin, für den Pellkartoffeln und Hering schon ein Festgericht waren, glaubte, besser könne der König auch nicht speisen. Als Herr Zuckermahn sah, wie der Knabe einhieb, da schmunzelte er und sagte: »Kannst's immer so haben – brauchst nur zu wollen.«

Nach Tisch setzte er ihm dann auseinander, was er von ihm wünsche. Er solle in seinem Garten arbeiten und seine Blumen und Sträucher in Ordnung halten, denn Herrn Zuckermahn wurde das Bücken schon etwas sauer. Dafür solle er allmonatlich einen Laubtaler, freie Wohnung und Verköstigung und jährlich einen neuen Anzug haben. Da diese Beschäftigung Wendelin erwünscht kam, ihm auch der Hexenmeister gar nicht mehr greulich, sondern als ein freundlicher kleiner Herr erschien, so schlug er ein, und die Sache war abgemacht.

Allerlei Wunderliches

Im Laufe der Zeit hatte Wendelin doch zu tun, sich an die Sonderbarkeiten dieses Hauses zu gewöhnen, denn es gingen dort ganz unerhörte Dinge vor. Selbst im Garten wollte ihm manchmal ganz graulich zumute werden, absonderlich um die Mittagszeit. Dieser schmale Raum war vorn durch das Haus, hinten durch die Stadtmauer eingeschlossen und an den Seiten ebenfalls durch hohe Mauern versperrt. Der Hexenmeister zog hier allerhand Pflanzen und Kräuter, deren er für seine Zauberkünste und Geheimmittel bedurfte, als da sind: Allermannsharnisch, Teufelsabbiß, weißen Orant, Hexenkraut, Eberwurz, Bilsenkraut, Pimpernell und dergleichen. Da wuchsen und blühten seltsame Gewächse, wie sie Wendelin noch nie gesehen hatte. An einigen hingen die Blüten wie rote Herzlein an einem Faden. Der Saft aus der Wurzel sollte gut sein gegen Liebeskummer. An anderen waren wieder die Blüten gestaltet wie Fliegen oder Schmetterlinge oder komische Männlein oder kleine Wagen, mit Täubchen bespannt. Welche wuchsen dort, die schossen aus einem Stern runder blaugrüner Blätter mächtige Stiele hervor, die einen Kranz von großen Trichterblüten trugen, wie aus weißem durchsichtigem Wachs geformt und am Grunde mit Purpurglut bemalt. Dann gab es solche, die mit langen Ranken umherkrochen und sich überall hinspannen. Wieder andere standen trotzig und stachelbewehrt da mit krausen, gezackten Blättern, und ihre Blumen schauten wie zornrote Gesichter aus einer dornigen Kappe hervor. Um die Mittagszeit war ein betäubender schwerer Duft in diesem eingeschlossenen Raume, und dann schien es Wendelin gar nicht recht geheuer dort, denn unter den Blumen regte und bewegte es sich seltsam. Zuweilen war es ihm, als wenn sie mit Gesichtern nach ihm hinsahen, dann die Köpfe zusamensteckten und miteinander kicherten. Einmal, als er auf eine lange Ranke trat, die auf den Steig gekrochen war, hörte er deutlich ein feines, schmerzliches Winseln, und ein andermal, als er eine Wurzel auszog, seufzte und klagte diese ganz wie ein Mensch, so daß er sie erschreckt fallen ließ. Noch mehr aber erschrak er, als die Wurzel sofort wieder in ihr Loch zurückschlüpfte und ein deutliches Lachen hören ließ. Solcherlei merkwürdige Dinge passierten ihm noch mehr, und deshalb hatte er um die Mittagszeit nicht gern in dem Garten etwas zu tun.

Im Hause selbst war es aber auch nicht geheuer, denn in allen Winkeln huschte und muschelte es, absonderlich in der Dämmerung.

Daß dies nun immer Ratten und Mäuse waren, das glaubte Wendelin nicht, denn er hatte manchmal deutlich kleine Männchen mit großen Köpfen erkannt, die dort mit Besen und Schrubber hantierten. Es mochten wohl Heinzelmännchen oder dergleichen sein, die das Haus reinlich und instand hielten, denn alles war immer sauber und gefegt, obgleich niemand sonst eine Hand dazu rührte. Zuweilen bekam Herr Zuckermahn einen sonderbaren Besuch. Die Haustür öffnete sich, und alle Glocken klingelten, allein es war niemand zu sehen. Dann schlürfte es wie auf Pantoffeln über den Gang und klopfte spitz und knöchern an die Tür. Herr Zuckermahn öffnete und ließ es herein und war sehr höflich, ja fast kriechend gegen das Ding, das man nicht sah. War Wendelin zugegen, da ward er eiligst hinausgeschoben, und dann hörte er, wie der Hexenmeister laut und eifrig sprach und eine krähende Stimme ihm Anwort gab. Nach einer Weile ging der Spuk wieder fort in derselben Weise, wie er gekommen war. Herr Zuckermahn war dann gewöhnlich sehr blaß und aufgeregt und mußte zu seiner Stärkung viel Wein trinken.

Wendelin schlief oben in einer Bodenkammer, wo unter der Decke allerlei getrocknete Kräuter hingen und wo manches alte seltsame Möbel stand. Die Wände waren tapeziert mit einer sehr alten gewirkten Tapete, auf der die Kunst des Webers viele bunte, phantastische Vögel gebildet hatte, die in Blumengewinden saßen. Einst um Mitternacht, als der Vollmond in die Kammer schien, wachte Wendelin auf von einem lieblichen Singen und Klingen. Der Mond schien hell auf die alte Tapete, und da sah er nun, wie alle die bunten Vögel eifrig sangen; er konnte deutlich bemerken, wie sie den Schnabel bewegten und den Kropf aufbliesen. Erst als es von der Turmuhr eins schlug, verstummten sie wieder.

An alle diese verwunderlichen Dinge gewöhnte sich aber Wendelin allmählich, und schließlich achtete er nur noch wenig darauf. Da er nun bei seiner leichten Gartenarbeit so wohl ernährt ward und alle Tage das feinste Wildbret und andere köstliche Gerichte zur Genüge verzehrte, so wuchs er und ward stark, und seine Wangen wurden rosig und rund wie Äpfel. Er wußte nun auch, auf welche Weise Herr Zuckermahn seinen Bedarf an feinem Wildbret bestritt. Hinter dem großen Kachelofen stellte er seine Schlingen auf; dann öffnete er ein Fenster und machte allerlei Zeichen in die Luft. Nicht lange dauerte es, dann kam es von draußen hereingesaust, und gleich darauf zappelte es hinter dem Ofen. Trat man dann hinzu, so hingen ein

Hase oder fette Rebhühner, Schnepfen, Wachteln oder Krammetsvögel oder dergleichen, je nach Begehr, in den aufgestellten Schlingen. War dagegen in dem Vorratsschranke das Mehl oder die Butter oder ein Gewürz oder sonst etwas ausgegangen, da wurde aus einer Grube im Hofe die entsprechende Schieblade mit Sand gefüllt, und alsbald war das Gewünschte wieder vorhanden. Der Hexenmeister hätte wohl durch den Verkauf solcher billig erlangten Ware ein reicher Mann werden können, allein es war ein Aber dabei. Dieser Zauber wirkte nur für den Bedarf seines eigenen Hauses. Verkaufte er davon, so ward alles wieder zu Sand, was es gewesen war.

Die Elster Schackerack

In einer Ecke zwischen der Wand und dem großen, grünen Kachelofen saß in einem Gitterkäfig die Elster Schackerack. Sie war fast so klug wie ein Mensch und konnte sprechen, pfeifen und lachen, bellen und noch vieles andere. Der kleine Hund, der Zipferling hieß, mochte sie nicht leiden und stand oft lange vor dem Käfig und kläffte sie in seiner boshaften Weise an. Die Elster kümmerte sich wenig darum, nur zuweilen betrachtete sie ihn spöttisch mit einem Auge, machte sein Bellen nach und lachte dann. Dies brachte den Hund so auf, daß ihm die Augen aus dem Kopfe traten und er sich fast heiser kläffte.

Zu Wendelin schien die Elster eine große Neigung zu haben, und sooft der Knabe ins Zimmer trat, rief sie mit angenehmer Stimme: »Wendelin!« und pfiff dannn auf besonders anmutige und schöne Weise.

Eines Tages war Herr Zuckermahn ausgegangen, nachdem am Tage zuvor das unsichtbare Wesen ihn besucht und viel und heftig mit ihm geredet hatte. Kaum war er mit Zipferling fort, da hörte der Knabe vom Hause eine Stimme fortwährend rufen: »Wendelin! Wendelin!« Verwundert ging er hin und fand, daß es die Elster war, die in ihrem Käfig unruhig auf und ab hüpfte und fortwährend seinen Namen rief. Sobald er ins Zimmer trat, sagte sie: »Wendelin, hüte dich!«

»Vor wem soll ich mich hüten?« fragte dieser.

»Sie wollen deine Seele verkaufen!« sprach der Vogel.

Als nun Wendelin fragte, was das bedeuten sollte, erzählte ihm die Elster Schackerack seltsame Dinge.

»Der Hexenmeister«, sagte sie, »hat mich durch List in seine Gewalt gebracht, ob er gleich über uns Elstern nicht solche Macht hat wie über die anderen dummen Tiere, die blindlings in seine Schlingen laufen. Er weiß, daß ich den Ring des großen Magiers Girandola, den einst mein Urahn entführte und der sich in unserer Familie von Geschlecht zu Geschlecht forterbte, in sicherem Versteck halte. Diesen Ring zu erlangen, ist sein höchstes Streben, denn der Besitzer dieses Juwels gebietet über die Geister der Erde, der Luft, des Feuers und des Wassers und ist dadurch der größte Magier der Welt. Tagtäglich liegt er mir in den Ohren und quält mich, daß ich ihm den

Ring ausliefern soll, allein noch immer blieb ich fest, denn ich hasse diesen Hexenmeister. Er hat mir gedroht, mich in den Zwölften, wenn die richtige Zeit ist, zu töten und Pulver gegen die fallende Sucht aus mir zu brennen; allein ich lache darüber, denn er wird nicht mutwillig die einzige Hoffnung auf den Besitz des Ringes zerstören wollen. Meine Hoffnung auf Befreiung habe ich nun auf dich gebaut, um so mehr, da ich dir als Gegengabe einen großen Dienst leisten kann und du ohne meine Warnung verloren wärest. Gestern war der unsichtbare Gast wieder hier. Weißt du, wer das ist? Es ist der oberste der Hexenmeister, der alte Urian selbst. Ihm hat Zuckermahn für seine Künste die Seele verschrieben, und am Ende dieses Jahres ist die Zeit abgelaufen. Aber noch zehn Jahre Verlängerung der Frist kann er verlangen, wenn er dem Urian eine neue Seele zuführt, und dazu bist du bestimmt. Unrettbar wärest du ohne meine Warnung verloren gewesen, denn du bist jung und unerfahren und leichten Sinnes und ungewappnet gegen die Künste des Teufels und die Gewalt böser Tränke, die den Sinn verwirren. Gib mir jetzt die Freiheit, und als Lohn will ich dich auf ein Jahr in den Besitz des magischen Ringes setzen. Wenn du diesen bei dir trägst, brauchst du den Hexenmeister nicht zu fürchten, denn keine Macht der Welt kann dir etwas anhaben.«

Wendelin war über die Maßen erschreckt und verwundert, allein er zögerte noch und fragte und wollte mehr wissen, jedoch die Elster rief: »Die Zeit ist kostbar, in einer Stunde wird Herr Zuckermahn zurück sein und fast so viel Zeit brauche ich, den Ring zu holen.«

Halb betäubt und ganz verwirrt öffnete Wendelin die Tür des Käfigs und das Fenster; im Augenblick war die Elster draußen und schoß in hastigem Bogenfluge davon. Bald war sie hinter der Stadtmauer verschwunden, und nun befiel Wendelin eine tiefe Reue über seine Tat. Wer bürgte ihm dafür, daß die schlaue Elster ihn nicht betrog, und welche Sicherheit hatte er, daß sie ihr Wort halten würde?

Wie entsetzlich langsam schlich die Zeit dahin. Alle Augenblicke fuhr er zusammen, denn er glaubte die Schritte des zurückkehrenden Zuckermahn zu hören. Bald lief er ans Vorderfenster und schaute angstvoll in die stille sonnige Straße hinab nach ihm aus, bald wieder nach hinten und starrte in die blaue Sommerluft. Der Pendelschlag der Uhr klang so träge, und die Zeiger rückten so langsam vor; er hätte sie schieben mögen, wenn das nur etwas geholfen hätte.

Dreiviertel Stunden waren so endlich vergangen, und seine Angst ward immer größer, denn von der Elster war noch immer nichts zu entdecken. Da kamen schlürfende Tritte die Straße herunter, es war Herr Zuckermahn, Wendelin kannte seinen Tritt. An allen Gliedern zitternd, stand der Knabe da, und Leichenblässe bedeckte sein Gesicht. Nun ging die Tür auf, und alle Glöckchen klangen. Schon wollte Wendelin aus dem Fenster springen, durch den Garten rennen, über die Stadmauer klettern und davonlaufen in die weite Welt – da im letzten Moment, als Herr Zuckermahn schon nach dem Türdrücker tastete, rauschte ein Flügelschlag, die Elster saß auf dem Fensterbrett und ließ den Ring aus dem Schnabel fallen. Wendelin steckte ihn rasch zu sich, die Elster rief noch:

»Nur den Ring am Finger drehn!

Und du wirst die Geister sehn!«

und schwang sich in dem Moment, da der Hexenmeister in die Tür trat, mit lautem Gelächter davon. Dieser stürzte in voller Wut auf Wendelin zu: »Du hast die Elster fortfliegen lassen!« schrie er.

»Jawohl!« sagte Wendelin ganz ruhig.

Zuerst war Herr Zuckermahn ganz starr vor Zorn. Die Augen traten ihm aus dem Kopfe, seine Lippen bebten, und nur ein heiseres Krächzen brachte er hervor. Sodann stürzte er nach seinem Schrank, nahm ein Fläschchen mit einer goldgelben Flüssigkeit hervor, riß eine Hundepeitsche von der Wand und schrie: »Ein räudiger Hund sollst du werden, und ich will dich peitschen, bis du nicht mehr winseln kannst!«

Dann besprengte er Wendelin mit dem Inhalt der Flasche und murmelte einige Worte dazu.

Aber wie groß ward sein Entsetzen, als Wendelin ruhig lächelnd dastand und seine Gestalt nicht veränderte. Ein Zittern befiel den Hexenmeister, er starrte den Knaben wie ein unheimliches Wunder an; dann sank er plötzlich in die Knie und rief: »Er hat den Ring! Er hat den Ring!« Nun kroch er herzu und umfaßte Wendelins Knie und bat und flehte, er solle ihm den Ring geben. Mit Schmeicheleien und Versprechungen bestürmte er ihn. Dann lief er fort und holte einen Beutel mit Gold nach dem anderen. Er schüttete auf den Fußboden einen Haufen davon, der in der Sonne flammte und glitzterte, er holte alles herbei, was er an Kostbarkeiten besaß und legte es dazu. Alles wollte er Wendelin geben für den einen Ring.

Da sah nun dieser wohl, wie wertvoll dessen Besitz war, er stieß den jammernden Hexenmeister von sich, nahm seinen Hut und ging zur Tür hinaus.

Schluss

Wendelin verließ die Stadt und wanderte fort bis an den nächsten Wald. Dort, in dem dichten Schatten einer Fichtenschonung verborgen, steckte er den Ring an den Finger und, da ihm doch etwas bänglich zumute war, so schloß er die Augen und drehte wohl viermal den Ring. Nun wagte er die Augen gar nicht wieder zu öffnen und horchte und lauschte anfangs ein wenig. Allein nichts war ihm bemerklich als ein Duft wie von frischem Erdreich; von der einen Seite wehte es ihn an wie ein Luftzug, von der anderen traf ihn eine Glut, wie sie eine Herdflamme ausstrahlt, und dazwischen vernahm er das rieselnde Rauschen, das einem Quellbach eigen ist. Endlich mit einem schnellen Entschluß riß er die Augen auf und sah vor sich vier wohlgekleidete junge Leute, die im mindesten nichts Grauliches oder Abschreckendes an sich hatten. Der eine war in schwarzen, buntgeblümten Stoff gekleidet und trug eine grüne Kappe, der andere war feuerfarben angezogen und sein schwärzlicher Hut mit einer grauen Feder versehen, die der leiseste Windhauch wallend bewegte. Der dritte hatte meergrüne Seide angetan und sein Haupt war von einer flockigen Mütze, kraus wie Wellenschaum, geziert, während der vierte himmelblau einherging und ein goldstrahlendes Käppchen auf leuchtendem Goldhaar trug. Alle vier standen aber in stummer Erwartung demütig da, wie vor ihrem Herrn und Meister.

Wendelin bedachte sich nicht lange. Er ließ sich ein schönes Roß, einen kostbaren Anzug, einen wohlgefüllten Mantelsack und einen tüchtigen Beutel mit Goldstücken bringen, kleidete sich mit Hilfe dieser gefügigen Diener um und ritt wohlgemut in die Welt hinaus. So druchreiste er viele Städte und Länder, überall mit Freuden begrüßt und mit Bedauern entlassen, denn er teilte das Gold aus mit offener Hand. Die Schätze der Erde, die Perlen des Meeres, die Gewalt des Feuers standen zu seiner Verfügung, und was sein Herz wünschte, brachten aus den fernsten Gegenden eilig die schnellen Geister der Luft herbei.

Er vergaß aber nicht, was die kluge Elster ihm mitgeteilt hatte. Nachdem er zehn Monate so in der Welt herumgezogen war, gelangte er in eine herrliche Gegend, wo es ihm ausnehmend gefiel. Dort kaufte er sich einen großen Landstrich und baute an einem See, der anmutig zwischen mächtigen Waldungen lag, mit Hilfe seiner Geister in großer Schnelle ein prachtvolles Schloß, das nirgends im

Lande seinesgleichen hatte. Als es vollendet dastand, war gerade ein Jahr um, seit er den Hexenmeister verlassen hatte, und am Jahrestage dieses Ereignisses saß er gerade an einem geöffneten Fenster, wo man über den blauen See und das grüne Meer der Waldeswipfel in die blaue Ferne blickte. Wendelin spielte mit seinem Ring, zog ihn vom Finger und ließ den goldfarbigen Stein, der ihn zierte, in der Sonne blitzen.

Da rauschte es wie Flügelschlag, und plötzlich saß die Elster Schackerack auf dem Fensterbrett, nahm ihm den Ring aus der Hand, flog damit fort und war bald zwischen den Waldwipfeln verschwunden.

Wendelin heiratet später ein schönes Fräulein; sein Geschlecht blühet noch bis auf den heutigen Tag.

In der Silvesternacht des Jahres, da Wendelin fortgezogen war, ist gegen Mitternacht in dem Hause des Herrn Zuckermahn ein entsetzlicher Lärm losgegangen. Ein Feuerschein ist aus den Fenstern hervorgedrungen, und man hat bemerken wollen, wie zwei Gestalten inwendig miteinander kämpften. Plötzlich ist es ganz dunkel geworden und zugleich ein feuriges Ding mit einem langen glühenden Schweif aus dem Schornstein in die Lüfte gefahren. Am anderen Morgen sind mutige Leute in die Wohnung gedrungen, und da hat Herr Zuckermahn ganz blau im Gesicht und mit gebrochenem Genick auf dem Sofa gelegen. In seinem Nachlaß hat man eine große Kiste mit Gold und manche wertvollen Dinge gefunden; die meisten Schiebladen sind aber zur großen Verwunderung der Leute voll Sand und Erde gewesen.